歌集

風と木漏れ日

川島英子

Kawashima Hideko

飯塚書店

風と木漏れ日　目次

風と木漏れ日

川島英子

二〇一八年

青時雨打つ

おしやべりと春風はらむスカートをのせて下校の銀輪がゆく

黄昏の光をまとふ花鞠を子雀五、六羽かくれんぼする

川土手の櫻の下の酒盛りの声が弾くる夕映えの空

子育てに追はれおのれの見えぬままどこかに忘れし心を探す

紺青の空にはんなり櫻鞠さくら祭りの雑踏を縫ふ

時の経ちわかる事あり雪洞の明かりに三十路の面影浮かぶ

窓の外《と》にま向かふ鶴城幼子を連れて遊びしママの日映す

キャンパスへペタル漕ぎにし土手の道朝靄をつき新幹線くる

窓下を清掃車ゆき昨夜《よべ》の花は朝かげのもと姿あらたし

故分かぬかなしみ逃れ出でし野の鉄路の先は母のふるさと

ほととぎす鳴きつる方をうら若き母をたたせて雲の汽車ゆく

熟れ麦の畑にくろぐろ影をひく汽車はトンネルの魔法に入りぬ

叔母も逝き母のふるさと遥かなり美林を渡る呼ぶ子鳥の声

代満《しろみて》に里帰りする母の笑みうかれつつ汽車に歌うたひたり

*

二十年《はたとせ》を放置せるわがマイ・ホームやうやく向き合ひ荒れ庭に立つ

再出発誓ひこつこつ積み上げし幸せ崩れし廃屋見つむ

収集車にプシュと爆ぜる断捨離の青春つめこむビニール袋

営営と住宅ローンを返しつつ子を産み育てし若き日の家

亡き夫《つま》の植ゑし庭木の生ひ茂る廃墟に夫の若き影たたす

四季の花嬉嬉と育てしプランター彼の日の位置の草にうづまる

うつさうと茂る門辺を光りたる象のキー・ホルダーは子の宝物

子育ての幸せなりし若き日が蔦の絡まる玻璃戸に浮かぶ

床の間に祖母買ひくれし掛け軸が少し色褪せ下がりてゐたり

父母建てし離れ屋に父母住まぬまま故郷に逝きて十年の過ぐ

剪定のすみたる庭に顔を出すわがママ・チャリを青時雨うつ

子とゆくドライブ

テレビ点けまさかと声飲む通り道の真備《まび》町屋根まで濁流の中

熱帯夜の明けたる五時半被災地に装備ととのへ子の車発つ

むくむくとわく白鯨を捕らむとや蜘蛛が軒端の空に網《い》をはる

洗濯や食事の礼にと誘はれて末の子と行く山陰ドライブ

繁茂する木木の間《ま》あをき日本海豪雨災害うそのごと光る

炎天下豪雨被災の真備町にボランティアする上の子おもはる

炎天を土砂片づける被災者の映像横目に海鮮ランチ

抱へ込む悩み忘れむ海と空のあはひ一線水平の白

猛暑日の白兎《はくと》海岸白波へカラフル水着が砂をけりゆく

両親に連れられ来たる八歳の記憶たどりつつ浜村めぐる

浜村の海に遊びし幼日の父母の若さが波間に浮かぶ

父母の逝きはや十年余《ととせまり》胸底の四つの瞳が今も見守る

ボランティアに行きし子戻りかはいさうと夕食とらずばたんと眠る

＊

いさなとり小浜《をばま》の浜の古道《ふるみち》を子供連れなる神輿の列くる

「山川登美子記念館」入れば富豪なる武家の娘の登美子たちくる

品のよき紬の着物に櫛かんざし水くき若き登美子の書簡

晶子とのツー・ショットなる写し絵に二人の恋の若さをおもふ

白萩と白百合と呼び師の君に心燃やしし晶子と登美子

親友は恋のライバル廊下より五組の貴公子ふたりで望みぬ

水仙と向日葵われら入れ紐の同じ心に連れ合ひし学び舎

板付きの三十路《みそぢ》の白百合うかべつつ登美子の部屋に座し庭を見る

ぬれごろも夕日の磯の釣人に若く逝きたる夫《つま》を重ぬる

心を点す

足元に纏はる猫をなだめつつ早出の息子の汁の実きざむ

朝露にぬるる式部の紫実風の吹かぬにほろほろほろほろり

傷心をいだきもどりし生れ家に父と植ゑたるつばき「西王母」

あからひく朝日さし来る塀際を越冬前の蛙たか鳴く

たわたわとアサギマダラはあさはふる秋風のひだ瞬を消えたり

父の忌に植ゑし山茶花「初鏡」今年は軒の上に開きぬ

いち早くもみたふ庭の姥櫻モズ二羽背戸の竹やぶを争ふ

亡き母の植ゑし鬼灯十年余《ととせまり》夏から秋への心を点す

もみぢ葉の朱《あけ》の夕影ふはふはと綿毛のやうな小虫むれ舞ふ

白壁をそめる夕日の裏庭をひとつリズムに山鳩の鳴く

探鳥のグループに交じり小春日の森林公園マユミの園ゆく

落葉松の落葉《おちば》ふむ道耳もとをアザミの綿毛秋日を連れなふ

ツツピーの警戒音を一斉にアトリの群れの青空にちる

さまざまに楓もみたふ湿原をすすき白金あを空に照る

この夏の豪雨に崩れし沢土手を淡き紫トリカブトにほふ

木漏れ日を返す水面のかぎろひのせせらぎを聞くカラマツ園地

「すは、熊か」構へる先を立つ笑顔ウメバチサウの土手刈る園丁

沢沿ひの雑木木の道どんぐりを拾ひ一人の無心を歩む

点描の色彩の妙愛《たへ》でてゆく糸の切れたる凧の心地に

人生の小春日和のひと時を昼月あふぎもみぢ狩りゆく

＊

また今日も年賀欠礼の葉書うけ日数ゆび折りいや心せく

返り咲くコゴメザクラの花びらにナナホシテントウ何を夢みる

体重を減らさむと足に湿布はり落葉しぐれの山道をゆく

靴底にカサコソ雑木の落葉道山仕事する祖母思ひ出づ

アカマンマの間《あひ》にスミレやホトケノザ白鷺かげ置く十二月の川

ヌートリアの赤ちゃん四匹小春日の川面《かはも》ゆるゆる一列にゆく

冬空を映すま青なせせらぎを足音《あおと》につぎつぎ鴨の群れたつ

ヒメヂョヨヌン残る稽田もみがらの燃ゆる煙の三筋たなびく

二〇一九年

古里の村

臥《こや》りゐる幼馴染が青竹の狭間《はざ》に餅差しいそいそとくる

お飾りをはづす橙はる雪に放ればぐうるり惑星八つ

どんど火を囲み隣人二十人ぜんざい食べつつ新春サロン

久久のどんどの円居《まどゐ》息災を祈り藁灰友と付け合ふ

不調もつ老いがそれぞれ持ちて寄る自慢の漬物紙皿に回す

ぱちぱちと爆ぜる檜の熾《おき》におく橙にえる甘き香ただよふ

どんど火にまつ黒こげのお鏡を初雷の日に備へ分け合ふ

山菜のあく抜き用にと藁灰を取りに戻れば火の跡消えをり

コンバインは稲藁残せず村中のお飾り今は市販の物らし

雪の夜を柘植《つげ》の下枝《しづえ》に宿をかり一羽の鵯が朝かげをたつ

盆の裏桶の裏にもははそばの母の涙の子を思ふ歌

ポケットに触るる団栗しばらくを休みしウオーク思ひ立たせる

穭田《ひつぢだ》の春雪ひかりあさはふる風の爪さき薊のロゼット

剪定の鋸音ひびく葡萄園に老いたる夫《つま》を庇ふ背まろし

靴先の落葉にのぞく蕗の薹こよひの献立脳《なづき》を点る

川の藻の揺らぎと見たるはメダカの群れ春立つ今朝の流れにま向かふ

枯れ枯れを濃緑の帯マンジュシャゲ何かわれにもできさうな気が

古里の砧《きぬた》打ちにし打穴川《うたのがは》鬼山の上《へ》に眉の昼月

*

両親の十三回忌のこの年を寺総代とて大護摩法会に

昨夜《よべ》の雨上がり飛天を思はせる雲が車窓の縹《はなだ》の空に

半世紀経ちて名を聞く延暦寺睡余の夢に返す面影

声に出し子の名を呼べば弥陀佛の散華の下をかけゆく姿

琵琶湖への遠足語りし在りし日の笑顔たちくる竹生《ちくぶ》の島かげ

比叡山大護摩法会燃ゆる火に世界平和と除災の読経

子らの幸そつと託する護摩木二本行者なげこむ炎に燃えたつ

挫折せば自刃とふ覚悟の白装束回峰行者のお加持に並ぶ

わが病癒ゆるを祈り白装束に参りくれたる父母の偲ばる

粉雪の比叡颪の庭に座し行者の念珠をつぎつぎ頭《づ》に受く

接待の甘酒かた手に招きゐる友の笑顔が冷ゆる身ぬくむ

厄除けの小芋炊き椀いも二つ「ぼけ封じ」とてあつあつを食ぶ

見ても見えず聞きても聞こえぬ若き日を笑ひに流さむ琵琶の春湖《うみ》

旅愁なぐさむ

新幹線「さくら」の窓の雨雲に天気案じつつ六甲山へ

岡山と神戸はひと駅窓の外《と》の菜花の照りに心弾み来《く》

新緑の六甲山のケーブル・カー山吹つつじ樱に辛夷

山ガールの歌友の案内《あない》に六甲の春ま盛りを山花狩りゆく

雨上がりの青うすけむる神戸港「縦走弁当」食べつつ眺む

オルゴール・ミュージアム館チケットのどこにも見えずわが老い覚ゆ

*

連休の渋滞の道ゆきゆけば宇治川端を川鵜列なす

ぞろぞろと平等院へ行く列の向かうの岸に釣人二人

新緑の平等院への橋の上蓑虫みたいな人の列ゆく

萌黄とはこれぞと見上ぐ新緑の山の傾《なだ》りに茶畑ふくらむ

長良川はさむ萌え木の岐阜城やホテルの窓辺に歴史いきづく

木曽路なる道の駅まだ春浅く残雪光る駒ヶ岳あふぐ

小諸へと芽吹く落葉松ながめ行けば夫《つま》との山旅また思ひ出づ

草津へと向かふ夏空そこここに桃や櫻の花盛りなり

湯畑の硫黄の匂ひ古宿の窓ゆ見下ろす草津の賑はひ

湯けむりの上る朝焼けの草津郷しじまをちこち櫻かがやく

釈迦堂の遅咲き如来に詣づる時花叢ゆらす啄木鳥の音

はなぐはし櫻ま盛り余生はも「己に負けるな」鐘ひとつ打つ

みどりごのにほふ柔肌はる萌えの山の軒端に巣づくる燕

萌え初むる落葉松林のトンネルの先は浅春雪のこる尾瀬《おぜ》

夏雲の鳩待峠《はとまちたうげ》リュック負ひ雪峰めざす夫婦に手を振る

木道の雪の間《ま》芽吹く水芭蕉歌まだ拙くひびく鶯

観音のうす絹衣の襞のごと華厳の滝の煌めき落つる

涅槃とふ滝つ瀬かこむ山肌のヤシホのうすべに旅愁なぐさむ

金糸雀の吐息に暮るる中善寺湖畔の玻璃戸を時がいさよふ

蝉しぐれふる

除草剤まきたる墓地に俄雨あざ笑ふごと蜩の鳴く

竹の皮おちる幽き音に覚む厨に母のうたたねの夢

のどかなるボーイ・ソプラノ響かせて黄なる傘行く紫陽花の路地

夕映えの木漏れ日に照りぴらぴらと笹の落葉が蜘蛛の網《い》にゆる

洗ひたるシーツ瞬の間に干し上げる夏日に凛とカサブランカ笑む

葬列の護持ご案内つとめゆく面映ゆき身に蝉しぐれふる

乗り越えむはおのれの内なる壁なるぞま夏の太陽亡き夫《つま》の声

翅黒《おはぐろ》蜻蛉は飛蝗の「ギース」に羽広げ「チョン」の合図に羽閉ざしたり

*

青葉濃き秋立つ朝をはや庭に盆を知らせるリコリス咲けり

老い一人この先何ができるかと寝ねがてに仰ぐ窓の半月

飼ひならし胸にうづめる悲しみが墓掃除の火にあげる噴煙

山男の夫《つま》の好みし蝋の火を墓前の錆びし燭台に点す

亡き夫と同じ悲しみ持つゆゑに努めて避けて語らず終はりぬ

語るすべ無き悲しみを一世負ふわれに残しし母の忘れ草

吹き出づる汗拭ひつつ墓守りが十八回目の祭壇しつらふ

きれいねと母の言ひにしトルコ桔梗を父手作りの甕に飾らむ

若かりし父母の面影迎へ火に浮かぶ庭先スウイッチョ鳴く

盆提灯ともる縁側に安らへば向かひの山を遠花火はず

*

単線の行き違ひ車まつ無人駅秋の日差しを朝顔咲くも

トンネルをぬけ窓にみる丘なだれ棚なす垂り穂ひかりを集む

彼《か》の日のまま紫苑の咲けり缶蹴りやゴム飛びにわれら集ひしこの庭

袈裟懸けに青空を切る飛機の雲孫追ひ白きパラソルのゆく

中秋の光に濡るる葛叢をギンヤンマの羽の空に澄みたり

キリンサウの白き気球が種運ぶ花びら重ぬるさまにとぶテフ

青空の硝子の屋根裏パタパタとあはれ一羽のテフが羽ばたく

悔しさも奥歯につぶすストローを紅茶と上るもちもちタピオカ

風出でて日差し秋めく静けさを中点一羽ゆうるりトビまふ

彼の日を返す

豊年の八幡祭り浦安の舞ひ舞ふ少女《をとめ》が彼《か》の日をかへす

出で立ちは中世行者の天狗面打ち合ふ棒の音の響けり

祭殿に向かひ舞ふ獅子三匹を若きが老いに替はりつつ舞ふ

天狗面はづし汗ふく紅顔はにはか仕込みの中高生とぞ

芋の子の転がるやうに小若衆の法被の幼《をさな》が境内たはむる

神主の袖の間《ま》かくされ神様は神輿にうつり遊興にたつ

うす紅の蕎麦の棚田の山道を神輿ねりゆく村人をつれ

帰省せる孫かたぐるまのほろ酔ひが神輿につき行く幸せ顔に

伝統の祭り残さむと頭かずそろへる苦労を村長《をさ》こぼす

*

たち込める濃霧の里わ朝かげに露しとしとと柿落葉はゆ

さにつらふもみぢの谷の霧を分け白き朝日とバスの旅ゆく

あかねさす草もみぢ照る旭川《あさひがは》鴨のひく水脈《みを》朝日にひかる

鷲羽山《わしうざん》に見渡す瀬戸海うす青く向かうにけぶる讃岐《さぬき》富士たつ

二十年《はたとせ》の時まき戻す瀬戸大橋青の山《あをのやま》見ゆ宇多津タワーも

週一度通ひ妻とてこの海をマリン・ライナーに渡りし日のあり

「神田川」の歌詞そのままに川土手のアパート二間《ふたま》の新婚生活

幼子を背負ひ両手にバッグさげ連絡船に走りし若き日

しろたへの白きヨットのゆく潮路波瀾の五十年《いそとせ》うづ潮にわく

＊

あと十日で新年だよと寒空を映す浅瀬に鵜が羽ふるはす

小作より返されしわが田くろぐろと夕日の野面《のづら》に枯れ草立たす

燃ゆる火の落暉とびゆく鳥影に逝きて帰らぬ人ら思ほゆ

父の逝きはや十二年菜花さく畑にあの日の雪景色かへす

母の忌にわが植ゑし辛夷塀の上《へ》ゆ真綿の色の蕾にまねく

足元の蛇《じや》のひげ碧《あを》実に思ひ出づ竹鉄砲に遊びし悪がき

二〇二〇年

コロナ・パンデミックに

参道をつぎつぎ点るテール・ランプいらいら耐へつつ出雲に詣づ

夕闇のひしめく人の松並木まひ子になるなの声を追ひゆく

お守りをかたみに買ひ合ふ二人子に幸あれかしと打つ四拍手

「あつち見てこつち見てね」と若き日のわが口調まね子は護符くれる

電車待つ三分間に「その節は」イケ・メン青年をさな顔見す

童話よむ朝の教室十五分山場《やまば》を光るまなこに足らひぬ

竜宮の玉手箱発つ光かとカハセミ目に追ふ葦牙《あしがび》の岸

「言ひたきは言つたらどうだ」川底ゆ青水綿《みどろ》はく気泡の上がる

ゆわゆわと羽たはめつつ青鷺が固執ひと蹴り中州とびたつ

黄に燃ゆる二月の畑をカラカラと土竜除け三つ風ぐるまの影

豌豆の五センチ伸びたる杭の上《へ》に誰の化身かわれ待つ鶲

照り翳る日に疲れたるか福寿草夕日隠れにはや瞼とづ

公園をロバのパン屋の楽のゆき夕づつ点すふらここの空

庭木木を恩寵のごと朱《あけ》に染め落暉の放つ絹糸のひかり

午後五時の寺の鐘の音《ね》梅の風人なき夕日の野面《のもせ》をわたる

梅祭りの幟を見れば甦る売店に見し津波の映像

起きしこと不幸なれどもやることのある仕合せを被災者語りぬ

せせらぎの水泡《みなわ》の影のさまにゆく小魚《いを》の群れの春の言ぶれ

コロナ旋風どこ吹く風と咲き盛る蒲公英なづな菫いぬふぐり

でき過ぎの白菜ばくれつ地を覆ひ黒きがそれぞれ黄の花かかぐ

耕作のできぬわが田に草の生え蝮の巣ぞと刈るを急《せ》かさる

*

コロナ禍を籠もる春の日せめてもと買ひ物車窓に櫻をながむ

コロナなるパンデミックに籠もる日のいつ時辛夷の渓に安らぐ

隕石の衝突の後を進化せし鼠の末裔ホモ・サピエンス

人類はウイルスに滅すといふ予言コロナ猛威に真実味ます

近隣の店のレジ係罹患とふニュース一報町に人消ゆ

人類の絶滅のちの地球《テラ》浮かべ落葉松芽吹く湖畔をめぐる

人類の絶へし地球を壊れたるロボット歩むアニメ思はる

セシウムかウイルスによるかは知らねども驕る人類そのうち滅ぶ

地球史の生命絶滅六たびを生き残りたる命惜しまる

山櫻にほふ奥津の軒先を燕の二羽のさへづり弾ける

＊

コロナ禍の人気《ひとけ》なき庭芥子の上《へ》をぱかつと背の割れ天頭虫たつ

来季また元気に生きむ支へにと植ゑこし花鉢数十を守《も》る

百年の庭を咲き継ぐ花花は仏《ほとけ》の顔なり喜ぶ顔なり

スズランの咲けば持ち来し外祖母の喉《のみど》のあま乳思ひいださる

高校の庭ゆ移植のシャクヤクに六十年《むととせ》前のクラスの顔顔

デージーを残しヒメヂョヨン抜く時に差別抗議のデモ映像たつ

五か月を厨の窓に張り付きゐしデデムシ消えぬコロナ禍メー・デー

昨夜のヘビを躱《かは》したるらし物干しの五月の空に高鳴くカエル

この年もアサギマダラよ寄れかしとフジバカマ叢に堆肥施す

彼岸会の墓掃除の灰撒きたればサツキにアヤメいや鮮らけし

夕闇をま白くにほふサボテンにコロナの憂鬱しばし払はる

コロナ禍も

新緑の朝のトンネル風とゆくマスクと制服銀輪光る

ひさびさを歓声あがる門前《かどさき》にマスク登校の自転車つどひ

六月《みなづき》の緑したたる森の道アクセル踏めばストレスふつ飛ぶ

コロナ禍も変はることなき早苗田に七色樫の映す黄の影

羽《は》出《で》川《がは》に沿ふ渓《たに》道を上りゆけばひとしほ青葉に卯の花はゆる

泉源のテント・サイトをただ一つ立ちゐるテントに乳母車あり

森林の公園閉ざす白き綱ひよいひよい飛び越えセキレイ入るも

コロナ禍の緊急事態の解除なり奥津湖畔におむすびランチ

平生は閑散とせるレストラン二メートルあけマスクの並ぶ

コロナ禍も季節は廻る夏野菜ならぶ軒先とび交ふ燕

梅雨晴れのひと日むらびと総出なる草刈作業に全身汗だく

紫陽花や木槿の根方の刈り残る雑草を鎌におくれ刈りゆく

川土手の草刈作業に間合あけマスクを外しぱくぱく息する

男手のなき女らの集ひ寄る休憩時間は気晴らしおしやべり

裏庭にオハグロトンボ七羽寄り宇宙と交信するがに羽ばたく

咲かぬなら気づかぬものをと詫びにつつ花壇に混じる雑草をぬく

コロナ禍の自粛のつれづれ朝顔の咲くを数へる朝な朝なに

梅雨の間を茂り花壇を覆ひたる蔓草を刈る雨と汗に濡れ

蔓草を刈り払ひたれば白百合が息するごとくほつと口あく

長雨に籠れる夕べふと見たり庭にほのぼの点る白薔薇

＊

びんびんにクーラー利かせ一人ゆくドライブお供は昭和なつメロ

陽炎のゆるる舗装路点滅の信号の黄に老いをひきしむ

せせらぎの水の香なつかし川に沿ふ山路《やまぢ》のこのさき母の古里

古里に祖父母も叔母もなくなるも帰省の夏の幼日《をさなび》のたつ

主のなき家を百日紅さき盛りかくれんぼの日の面影のぞかす

山あひの棚田の稲のはや稔り生ぬるき風を葛の穂さまよふ

コロナ禍中猛暑逃れむと一人訪ふ高原ロッジに童《わらべ》が三人《みたり》

蝉も声たてぬ猛暑の夏枯れの森にひと生《よ》のかなしみ零す

あきあかね飛び交ふ野登呂《のとろ》の天空の露天出で湯に憂ひをほぐす

生きてただ行くが尊したたなづく山の彼方をつくつく法師

秋深みゆく

打ちつけに閉ざしし記憶の甦り心の闇にただ立ちつくす

襲ひ来るフラッシュ・バックを逃れ出で外《と》の面に探す希望の言の葉

白露《はくろ》なる恩原《おんばら》湖畔の薄原紅葉《もみ》づるひともと櫻の老樹

白樺の湖畔に語ればマイ・カーのミラーをひとひら黄蝶がのぞく

昨夜の雨のこる窪地を耀きつつ羽虫の描くちさき水の輪

穂をかかぐる葦叢の空風に光り命いつぱい赤蜻蛉とぶ

生き抜くが罪滅ぼしと自答する照葉の萩叢しじみてふ開く

忘るるにあらず暫しを脇へやる倒れし朽木に二葉が紅葉《もみ》づ

木漏れ日の裏見の滝の玉すだれ山紫陽花の褪せたるを打つ

実り田と穭田《ひつぢだ》あやなす十月を烏賊つり舟はま昼を眠る

ま盛りを過ぎたるコスモス放棄田の雲間一条さす日に華やぐ

運転をやめたる経緯に盛り上がる蕎麦屋の客の媼の五人

学友の家気づかずに通り過ぎ青春の日のときめき偲ぶ

コロナ禍のホテルにひとり夕つ日の芝の緑にゆするぶらんこ

＊

もうひと月たつかと薬の空袋つぶし待ちゐる十六夜《いざよひ》の月

まなこ閉じ耳を塞げば古里は昔のままなり草焼く香り

幼日につなぎし父の手の温みピンチ憂き目の心に点る

蔦に鴨の軸をもみぢと小禽図に掛け替へ胸うち衣更へなる

もみぢ葉のシールの封をし歌十首ポストにぽとり秋深みゆく

父の目

用水を維持せむ行事戸に一人二十二人がマスクに草刈る

朝光《かげ》に靄上りゆく穭田をひと声するどく百舌鳥《もず》の声たつ

この年もまむし犠牲者二人をれば朽ちたる縄にあはれ声あぐ

若者らいさ知らねどもこの井出は曾祖父が私財に造りしものよ

木漏れ日の草もみぢに咲くむらさきやヨメナひと株刈り残しゆく

井出底の雑草《あらくさ》ぬけば宿水のわが澱《おり》もろともどつと流れり

女手に祖母が戦後を守りこしわが継ぐ田畑アワダチサウ立つ

枯れ細るアワダチサウ立つ放棄田の朝影をゆく祖母の幻

昨夜の雨やどす花弁のすずやかさ十月さくら木漏れ日を照る

＊

「イン・カレに爺さん優勝してたんだ」ネットの記事を子が教へくる

戦争にオリンピックの夢たたれ傷痍軍人となりたる父よ

父の逝き十三回忌の十二月二十歳《はたち》の父をアルバムに見る

写し絵の少年父の落書の壁を百年へだつ指なづ

九十五歳に倒れし父は手術台の管に繋がるも手足動かしぬ

残されし十数冊の日記には几帳面なる父の字ならぶ

子の過ち部下の過ち詰《なじ》るなく父は挫折を発条《ばね》に生き抜く

「辛くても死にはしない」と口遊むわれに頷きし温とき父の目

頼むぞと今際《いまは》に敬礼せし父の眼《まなこ》しのばす師走の澄む月

挫折するたびに涙の父の目がそれしき何ぞと脳裏を瞬く

二〇二一年

あるがままに

雪景色さがすドライブ大寒の湖畔に鮮らけしボートの塗料

赤和瀬《あかわせ》の渓にやうやう出合へたる雪の正絹《すずし》を纏ふビーナス

星屑のごとく煌めく雪傾《なだ》り転《まろ》びし雪の残す傷跡

わが裡の氷河のくづる閉ぢ込めし叫びを吐きたき衝動おぼゆ

カー・ラジオの「忘れられるから生きられる」水母の昼月面影を呼ぶ

忘らるるは死ぬことよりも寂しいと微笑む君の姿なき風

大寒の恩原湖畔の雪原に黒き樹形の影おく冬木

消えてゆくこの時惜しみ掬ひとる凍み雪指間をさらさらこぼす

二十年《はたとせ》前どんぞこ湖底ゆ見上げたるここ道の駅に猫とたはむる

山かげのアイス・バーンを抜けたれば日の神ほつこり薺《なづな》を照らす

あるがままひと日ひと日を生き行かな縹《はなだ》の空を羽虫が睦ぶ

＊

ウォーキング・マシンに歩く小半時日に日に桃の花芽ふくらむ

窓越しの気配は誰ぞ梅が枝をほおつと鶲空を見てをり

二十日目《はつか》の臑《すね》の激痛に耐へかねて縋る思ひの湯治に出でぬ

籠もり居の毛細血管ほぐさむとマスク着用湯舟にひとり

コロナ禍に人影みえぬ「このか」の湯軒端の根雪を小糠雨うつ

霧雨の空に手を伸す冬木木の毛細血管脈打つやうな

雲間もるたかひかる日に冬枯れの楓の末梢みなぎる血の色

窓の外を風にゆさゆさ杉花粉雨にそぼ濡れ出番まちをり

軒先ゆぽたぽた芽起こし雨すだれ落葉もちあげ水仙にほふ

菰焼きのニュースに寄れば衆楽園《しゅうらくえん》鴨の群れをり睡蓮分けつつ

啓蟄の朝の光を北にたつ鴨の餌をとるお尻がをどる

三月の衆楽園を垣根越し声はじけとぶ女子高生の

池に入り睡蓮くれし十七歳《じふなな》の卒業写真の詰襟うかぶ

落椿《おちつばき》の紅鮮らけき枯芝を曼殊沙華叢いのち艶めく

雪折れの赤き生傷いたいたし杉の小枝の雨ににほふも

道の辺に落ちゐし丸き鳥の巣の羽毛ぬれをり冷たき雨に

あはあはと芽吹きの色に煙る山沢の飛沫をねこやなぎ点る

時まき戻す

真庭《まには》路は時まき戻す花回廊つつじに櫻こぶし水仙

美甘《みかも》宿のさくら祭りの川土手にタイム・スリップの扉の開く

突風を花びらと行く櫻土手光るせせらぎ思ひ出舞ひ舞ふ

冬眠の頭《づ》を目覚めさす峠路の萌ゆる山肌雪消《げ》のせせらぎ

蒜山《ひるせん》はいまだ早春芝焼きの丘に眺むる残雪大山《だいせん》

四月こそ蒜山良けれ櫻咲き落葉松の萌え辛夷かがやく

さみどりの牧の小道を肩を寄せマスクに杖の二人あゆみ来《く》

森林の開園四月十二日枯野の溝を水芭蕉ひかる

投網めきぷつぷつ芽吹く落葉松の黄砂の空ゆ歌詠む鳥声

並み茂るバイケイサウの川端に初の一本キクザキイチゲ

*

ワクチンを待つ間の自粛のつれづれを鉢の春はな夏苗に替ふ

母植ゑし十二単が飛び石の間《あひ》の苔のま紫かかぐ

母を継ぎ仕方なくせし草むしりいつしか始動の起爆材たり

熱中のわれに再三休めよと母は縁より茶を勧めたり

丹精のわが庭今が見頃よと亡き父母浮かべひとり茶すする

カーテンの襞に迷へるシジミテフ五月の庭のひかりに放つ

岡山のわが屋ゆ母の持ち来たるアヤメ紫そこここに咲く

ほたと落つる躑躅の班日《はだらび》浴みながら二十年《はたとせ》守りこし庭に寛ぐ

われもまた母のごとくに草曳きつつ逝くかと仰ぐ揚羽とぶ空

＊

竹林の朝かげに染み鶯に眠気覚まされ出《だ》しにみそ溶く

木漏れ日の朝かげにあをき夏椿五ミリの飛蝗が飛翔の構へ

物干しの竿を落ちたる虹色の蜥蜴うけとめ透かし百合ゆる

子育てはとほに過ぎたる齢《よはひ》なるに身を固めぬ子に心の痛む

そんなにも嬉しいのかと見張る空梅雨の晴れ間を飛び交ふ燕

気がつけば過ぎし日の辛さ忘れをり母の植ゑたる梔子にほふ

子鴨一羽よちよちわたる炎天を車みなみなブレーキ踏みぬ

つかの間の梅雨の晴れ間をを止みなく羽音わきたつ黄バラ紅バラ

一斉に蛙なき出づる紫陽花の路地かけぬける下校の銀輪

梅雨の風むらさきしきぶの花ゆすり竿の白シャツ光る手に撫づ

梅雨明けを聞けばさつそく奥つ城に盆の掃除の除草剤まく

茜さす雲の階段コツコツとビルに残しし夫《つま》の靴音

風あをくレースのカーテン膨らませ猫と昼寝の縁側よぎる

久久に帰る子待ちつつ干す布団ひまはり金に雲に立つ庭

玻璃戸透く山のみどりの食卓をひげのそろよろと這ふチョンギース

二ダースの茶のボトルのせ一輪車草刈る村人待つ土手へ急ぐ

マスクとり茶を飲む土手の川風を群れアキアカネ光りつつ飛ぶ

風立ちぬ

ほうほうと鳩なき出づる立秋の朝の里山霧たちなびく

連れ戻すすべなくたたずむわが車窓につき来消えたる五ミリの飛蝗

除草剤まぬがれ咲ける姥百合が墓の石段《いしきだ》に亡き母たたす

夕映えに染まる石垣作業着の汗のひと日に蜩のしむ

夕餉をへ汗ぬぐふ縁を虫の声わすれてゐたるやうな月出づ

日を継ぎて秋雨の降るこの夕べ玻璃戸に透けて貼り付く守宮《やもり》

すり寄りくる猫の温みの心地よし台風一過の小雨の夜明け

オリンピック終はり台風さりゆけばそぞろ寂しや風鈴の音

草曳きに見のがしたるか露草の花に現る躑躅の間《あひ》を

風立ちて蜘蛛の網《い》ひかる八月尽耳鳴《じめい》のごとく蝉しぐれわく

たゆみなく地球は回り時節ゆき格子戸の間もいつか秋づく

青空の色に咲きたる朝顔のしぼむくれなゐを白雨の打つ

*

夫《つま》逝きて二十年の経つ引き出しに昔暮らししあの部屋の鍵

蜩に目覚める朝の夢の余韻亡き人今朝も彼《か》の日のままなり

中秋の名月見れば次の日に突然逝きし母思ひ出づ

生まれ家に電話をかけたる夢に覚め返すかそけき亡き母の声

心病むわが口ずさむ青葉城恋歌ききつつ母嗚咽《をえつ》しぬ

夕暮れを遊び疲れて帰りくれば風呂焚く明かりに母の背見へたり

泣かされて戻れば薪を握らせてやり返せよと母仁王立ちぬ

行年の母までの歳指に折り長きと憂ひ短きと嘆く

思ひ出は年年かなしくなるばかり前だけ見やうほら向日葵が

風の出で風巻《しま》く竹叢返照《へんせう》を止みてまた鳴くつくつくぼふし

晩秋の色

女郎蜘蛛の網《い》を二つかはし睦れつつ黄蝶とびゆく萩の青空

草の穂の綿毛ながるる青空へ穂高の峰に立つ夫たたす

萎みたる芙蓉のお手玉ころがるを午後の日照雨《そばへ》の絹糸なでゆく

靴音に鴨の八羽が一斉にたてばゆうるり白鷺もたつ

小春日や泡立ち草の放棄田を金に耀き黄蝶むれ飛ぶ

クリスマス・ツリーさながら荒草に命継がむと蝶の営み

夏と秋のゆき合ふ雲の高空をとんびの二羽が縄張争ふ

秋仕舞の煙たなびく田の畔《くろ》をたんぽぽの萌ゆ再びの春へ

足音《あおと》なく時は過ぎゆき床にさす夕かげ今日は晩秋の色

亡き夫と見るはずなりし落葉松の紅葉《もみぢ》ま盛りに出合ふ古里

水退きたる岸辺を生ふる荒草の萌黄の色の四方《よも》に照り映ゆ

湿原の荻や芒を分けゆけば山椒大夫の世に迷ふやも

落葉松のこがねにのぞく杉の秀《ほ》や出る杭打たぬグレイト・ネイチャー

細波の湖底に続く白き道この先墓ありお宮ありたり

自由なる寂しさについ寄る湖畔都会に出でし親友の村

会ひたいな、ふとさう思ふ。小雨ふる湖《うみ》にゆらゆら漁舟《いさりぶね》の灯

錦秋の苫田《とまた》ダムの面《も》風の与湖《むた》底に沈みしお宮の賑はひ

しろがねの湖《こ》の面うねうね竜がゆく錦の山の谷の手窪の

声を飲む山の傾りの色の妙《たへ》初冬の蝶の白の危ふし

＊

クレソンやアシやガマの間《ま》もよもよと生き物這ふごと冬の川ゆく

川底のナスカ地上絵数匹のほたる飛ばししカハニナの跡

夕映えの橋のたもとに語りゐる下校の男女が家路に分かる

亡き友の若き日しのばす廃屋を八つ手の白花夕日に染まる

歳晩の夕日の野面《のもせ》くろぐろと取入れ待つがの大豆の畦並《うねなみ》

豆畑を徐徐に暗ませあかあかと向かひの山に差す夕明り

この年もはや暮れゆくか晩鐘の野面《のづら》畔《あぜ》焼く煙たなびく

縁側の玻璃戸を動かぬエメラルド落暉に映ゆる虻の亡骸《なきがら》

若松を活け年越しの準備をへ今か今かと子ら待つ夕べ

二〇二一年

光あまねし

元旦の光あまねし南天の淡雪ちらし移ろふ小禽

礫《つぶて》のごと重力くだき五、六羽の目白ふりきて波と飛びさる

仕事だからもう帰るねと子の言へば寂しいなんてとても言へない

雪解けの田の畔道のきらきらし土柔らかく草の芽ひかる

酒を買ひ年齢確認促され「いいえ」を押したく「くすつ」と笑ふ

十四日は喜寿誕生日花束とワイン買ひきて猫と親しむ

感情の喜怒哀楽は紙一重寂しいんだけど笑つてしまふ

さぎりたつ雪の止みたる瀬の岩に鵜ら日浴みをり羽広げつつ

寒の日の川の明るさ水影の半割《はんざき》めきつつ藻の間《ま》這ひゆく

白緑《びやくろく》の新芽つのぐむ娑羅の枝《え》の輪切り橙に鴨の二羽くる

山陰《かげ》の日の入るはやし夕冷えの庭を水仙白暮れ残す

「母さんじやないよ、風子に会ひに来た」猫缶ぶら下げ息子の来《きた》る

パソコンの不具合直し「それぢやあね」そそくさ子は発つ忍者のやうに

子の土産の柚ゆに浮かべ風の音《と》の遠き梟ほの温くきく

山里の雪の止みたる静けさを小《ちさ》き祠のひとつ黒点

出雲《いづも》路の雪の宿場の村村を除雪の車の音のみ行き交ふ

硝子片とあさかげ弾く雪原を風紋あをく影を撓める

バック・ミラーは雪つむ雪舟山水画たどたど野登呂《のとろ》の峠越えゆく

黄緑に萌ゆる寄生木《やどりぎ》食ひ込ませ雪原に立つ裸木ひと本

雪見と聞き気色ばみたる村人や窓辺の瓶を点る菜の花

牛小屋をはねる子牛の声甘し雪つむ蒜山《ひるせん》春の日に照る

ランチとるジャージー館の静寂を誕生日祝ふ老夫婦の声

雪原を枯木のやうに立つ木木の毛根もう水吸ひ上げをらむ

白銀を雲の影なす水浅葱ディズニー漫画照り翳りゆく

*

夜《よ》半《は》覚めて驚く窓の雪景色夕べ訪《と》ひこし黄蝶やいかに

昨夜《よべ》の雪止みたる山際のぼる日に染まる薄紅にほふひと時

雪山の朝焼け雲の刻刻と浅葱の空へ滲み溶けゆく

ひと夜さの雪に覆はるる村の道朝かげさせば車の音わく

窓ガラス伝ひ溶けゆく雪つぶて滴る雪に紅梅ひかる

路地裏の隅《くま》の小さき雪だるま両手なる枝《え》をさみどりの萌ゆ

この冬は今日にて終はらむ緞帳の上がりたるごと四方《よも》いと明るし

打ちつけの春の到来もつれ合ひよぢれたなびく野焼きの煙

風雪を耐へて角ぐむモクレンの鎧ふ殻ぬぎほころぶ真白

手を止めて夕餉の支度を思ふ時外《と》の面のかげの黄なるさみしさ

など波風のたちさわぐらむ

次次と庭木に礫と来る小鳥枝移りして命養ふ

庭にくる姿かはひと見し目白夕べわが猫銜へ見せくる

プーチンの暴挙のニュースに怒りつつ猫の背撫づれば日のにほひ立つ

ＰＣＲの結果待つ間をウクライナの戦禍の中なるコロナ禍おもふ

戦中の父のアルバムに銃剣をかかげる若き高揚をみる

眼鏡かけマスク着ければ素つぴんにコロナ禍ものかは花見に出でゆく

津山藩の池泉回遊衆楽園さくら古木を花鞠たわわ

江戸の世の松の走り根に首かしぐ鶫《つぐみ》は戦禍の国を憂ふや

おほみ歌「など波風のたちさわぐ」琴の音流るるはな祭りの園

ゆらゆらと茶室の障子の影ゆすり鯉のひれの緋雲の間《ま》をゆく

明治帝の「四方の海」聞く花の宴「など波風」の今を身にしむ

のんびりと仰ぐ櫻にウクライナの戦禍の瓦礫をゆく犬のたつ

温暖化と核の脅威のこの星に今ひと時を櫻に興ず

読み聞かせの十七年を内外の夢ある童話子らにとどけをり

想像力養はむとて読む童話いま戦争の体験記加へむ

谷あひの無人の駅のま向かひの山腹たなびく雨後のすぢ雲

新緑に染まる川面を今日もまた一羽ぼつちの白鳥明かり

賀状来ず不審に思ひゐるわれに半年おくれの友の訃とどく

塾帰りの徒歩なるわれを頼むからと自転車荷台に乗せくれし人

宿題を丸写しするを待ちながら君は隣にピアノ弾きをりき

自転車のこぎ方を笑ひ淑やかにと下校の道に君は諭しぬ

「ゆつくりとその内話さう」はコロナ禍の前なる同窓会の席なり

路地わたり格子戸入り来る新緑の風を蛙の恋歌さわ立つ

大気透く青

生まれたる川のにほひに遡上する鮭の気分のふるさと山路

山法師マタタビ野ばら六月の山路は白の主張がひかる

山道に轢死の狸のむくろあり大きな乳房に胸塞がりぬ

湿原のバイケイサウの花叢の蝶の婚活なつ雲の空

原生の森の小道を班《ふ》に染めつつ青き葉影と踊る木漏れ日

鳴き声をたぐれば沢の枝の上《へ》ゆモリアヲガヘルの卵の泡垂る

わが前を度度横切る鳥影は子育て中のクロツグミらし

梅雨晴れの空覆ひたる楡若葉芝生に光るわくら葉のつゆ

欅立つ牧の夏空とぶ燕こころ安らぐはいつの日ならむ

＊

数多なる田畑《でんばた》持つが分限者《ぶげんしゃ》とふ時代は昔車窓は放棄田

早朝の電車の窓に草を曳く庭の老女のやつれたる顔

ざわざわと胸内ながるる「ひまはり」の映画音楽　谷間の向日葵

同好の集ひに向かふローカル線「ののくち」駅に黒猫一匹

梅雨晴れの青き山並渓流の合歓の花糸しぶきに光る

沢音を交じる蝉の音木漏れ日に透ける濃淡楓の葉脈

泡立ちつつ落つる渓《たに》水わかば影思ひ出ひよひよ岩の上《へ》をとぶ

頭上ふる大気透くあを清楓荘《せいふうさう》わか葉の路に亡き父たたす

大釣《おほつ》りの淀みに沈む病葉の夕べの雨の激流をうく

鶯と時鳥の声ゲレンデの黄菅の叢を赤とんぼゆく

奥つ城の風

立秋の朝《あした》の風を切るやうに湧き立つ蝉の音《ね》草曳く奥つ城

ひとりのこる寂しさを言へばしぶしぶと母の墓石を離れし父よ

枯枝《かれえだ》の落ちたる音に「いつまでも一緒」と言ひし母かと見回す

墓掃除に疲れ凭るる墓石に祖父の胡坐の上の安らぎ

一心に上の子の墓みがく子に彼《か》の日の幼き泣き顔をみる

識閾《しきゐき》にあるを堪へにし歳月を焼《く》べる炎に燻る愛憎

付き行きし山に刻みし面影の夫《つま》の墓石に点す蝋の火

こんなにも穏しき心境わくものか掃き清めたる奥つ城の風

＊

頭《づ》をせめる雨雲去れと想像の翼を広げ探すメルヘン

種子くろき向日葵畑を鳥追ひの鳶のカイトのぎよろ目のせはし

放棄田の続く原野に声若くコンバイン駆る老いの顔てる

黒き鳥ぞくぞく集まり牧《まき》を行くトラクター追ひ何か啄む

森深くしじまを行けば楽の音《ね》のせせらぎ徐徐に鬱すすぎゆく

どん底まで心沈めば浮かぶのみ紫苑にウマオヒ見つけ弾ける

緑陰の岩間を躍る水しぶき野芥子の綿がゆうらり旅ゆく

獣らの拾ひ残しし橡《とち》の実の三つ手窪にころがすこの幸

今が一番

降り立てば露もまだ干ぬ落葉陰かへり咲きせる勿忘草てる

籠もりゐる十日見ぬ間の山もみぢ慌て脳内時計をまきぬ

草刈に駆り出されず居るもやもやを車駆りつつ解く紅葉狩

総身あをに染まりたる日は四月《よつき》前縦列駐車の紅葉渓《もみぢだに》ゆく

満天星《どうだん》の西日に燃ゆる十一月滅びの前の旬日の贄

君と見し最後の紅葉《もみぢ》は剣山《つるぎさん》いままた重ぬる忘れえぬ景

この人にも少年の日はあつたらう黙黙草刈る老いの薄き背

落葉松の小春の日差しをライダーの群れの少女のカメラ音たつ

「禁じられた遊び」のＣＤ流す窓不意に映像の幼女がさけぶ

落葉焚く紫煙たなびく湯治場に去年《こぞ》と変はらぬ今日ある仕合せ

土に還るものの嘆きか安らぎか足裏くづるる枯れ葉の吐息

*

本読まむと教室入れば今日の子らの心の不在を空気が伝ふ

担任の退職による空ろなる目を輝かさむと励む朗読

学期途中退職したる若き日が悔いの一つと今に偲ばる

読みづらしを言へば宣ふ「学校はマスクするとこ」子ら三年生

何もかも中途半端にありしこと悔やむも詮なし今できるをせむ

掛け違ひし釦のホール夫逝きて二十年《はたとせ》余《まり》の胸底にあり

若きらが核廃絶に声揚げるニュースに久久心晴れゆく

日溜まりのネコジャラシ叢の雀五羽皇帝ダリアの影を飛び立つ

静けさや猫の寝息のたつ膝に「元気ですか」の子のメールくる

人生で今が一番良きかとも八十路《やそぢ》女に見えくるあれこれ

二〇二三年

どか雪つもる

雪女の幻たたせる猛ふぶき愛車追ひかけ背後に迫る

帰り着く家の東西南北を吹雪の舌のちろちろと這ふ

「起きてるか」「風呂入れたか」二人子のメールに燥ぐ大雪の朝

*

神の手の鑿《のみ》に成りたる銀の尾根わがオアシスよ大山《だいせん》南峰

白銀の百八十度のパノラマが倦みたる心に童心かへす

歯をむきて餌《え》を欲る老いたる馬二頭客なき馬場の雪つむ厩舎

久久のどか雪つもる恩原湖あをき静寂《しじま》をひと声烏

背丈こす除雪の雪の壁の間《ま》の青き回廊ひとり魔女ゆく

雪原をあをき木の影立ち上がり妖精ひそと歩む気配す

雪解けのしづくの描くカンバスを小鳥の声の添へる一筆

下り立てば雪に折れたる水仙の香りほのたつ立春の朝

屋根雪に打たれ凍れる南天の赤実解くらむ今朝の春風

このひと月何したらうか薬袋《やくたい》に残る錠剤かぞへ吐息す

雪原を赤き一点郵便車山は積雪九十六センチ

子連れなる若き父親立ち動く休暇村なるバイキングの宴

橇遊びの若き家族を眺むる時カラカラ回るひと世の映像

子孫《まご》連れ燥ぐ老女や「足《た》る温泉」会釈と会釈の黙浴の湯に

積雪にタイヤとられて動けざるわれに手を貸す雪かく笑顔

老いづけば欲しきものなどなくなれど他人《ひと》の情けの一入染みぬ

椿くれなゐ

蟹食べにゆく山陰道白無垢の大山《だいせん》右手に魅了されつつ

微妙なる差異や潮《うしほ》の青の色波の退きたる浜のむらさき

砂浜を歩きし昨夜《よべ》のわが跡の今朝は汀にはや過去と消ゆ

大砲の迫るかと見るテトラ・ポッド飛び魚骸《むくろ》の砂食む眼孔

左右から打ち寄する波に揺蕩ひつつ磯の藻逞し根元動かぬ

美保湾の真向ひに立つ火神岳からんと眠る漁火ランプ

北前の船に賑はひし美保関《みほのせき》遊女すそひく青石畳

事代主《ことしろぬし》祭る本殿巫女の舞ひ三歳記憶にのこる壺焼き

隠岐配流《はいる》の行在所跡《あんざいしょあと》の佛谷寺後鳥羽歌会の船酔ひかへす

忘れたる頃にまた来る船灯り「あまのみち」辺の椿くれなゐ

あとがき

比叡山に登った。そして延暦寺に参拝した。我が家の属する寺院の参詣ツアーだった。おかげで、思いもかけず長男の回向をすることができた。亡くなって半世紀近い時が流れていた。阿弥陀仏の像の前、檀家の衆目のもと、僧侶の唱えるお経の一節の中に、久方ぶりの、生の息子の名前を聞くことができた。ふうっと胸の内が晴れてゆくような感慨を覚えた。そして不思議なほど心が軽くなった。

今から三十年ほど前、平成七年のこと、前年に単身赴任していた夫の住む香川県に引っ越した。そこで、短歌と出合った。長沢美津さんの歌集『雪』の中の数首だった。むさぼるように活字に目を這わせた。日本文化スクールの通信教育『短歌講座』の受講案内に載っていたものだった。心が求めていたのはこれだと思った。早速申し込み、受講を始めた。

そして、暫くして、マンションの新聞受けに「麓」短歌会への勧誘チラシを見つけ、そこで丸亀支社に入会した。

ところがその後、夫を亡くし、実家のある岡山県北の村に帰った。そして、邑久支社を経て、車で通える岡山支社にと移った。

夫の十回忌と父母の三回忌を済ませた折、第一歌集の『櫻吹雪』を、その後十年を経て、第二の『渓のせせらぎ』を出版した。

比叡山からの帰り、歌集を思い立った。心に区切りをつけようと思った。五百四十八首を選歌し、第三歌集として上梓に踏み切った。

日頃心がつらくなると、よく近くの山野を散策していた。山の気が、四季折々の木や草や花が、鳥や虫の声が、沈む気持ちを癒してくれた。足元を、風にちらちら躍る木洩れ日にも和まされた。そこでタイトルを『風と木漏れ日』とした。

出版にあたりご高配を賜りました飯塚書店、飯塚行男様、そして装丁の山家由希様、大変お世話になりました。ありがとうございました。

二〇二三年九月

川島　英子

川島 英子（かわしま ひでこ）

岡山県久米郡美咲町に生まれる。津山高校、岡山大学教育学部卒。

小学校教諭の後、専業主婦。

子育ての終わる頃、日本文化スクールの通信教育「短歌講座（講師・長沢美津）」を受講。それを機に、隣人の勧めで「麓」短歌会に入会、その会の選者の紹介で岡山県歌人会にも入り、今日に至る。歌集に、『櫻吹雪』『渓のせせらぎ』（砂子屋書房）がある。

また、日本児童文学者協会の会員で、「いちばんぼし童話の会」、岡山児童文学会「松ぼっくり」の同人。著書に『蛍のブローチ』『ぎゅっとだいて』『白いパラソル』『棚田の村の少女』などがある。

美咲町在住。小学校で読み聞かせボランティアを18年続けている。

歌集『風と木漏れ日』 第三歌集

令和五年十月二十五日　初版第一刷発行

著　者　川島　英子
装　幀　山家　由希
発行者　飯塚　行男
発行所　株式会社　飯塚書店
http://izbooks.co.jp
〒一一二-〇〇〇二
東京都文京区小石川五-一六-四
☎ 〇三（三八一五）三八〇五
FAX 〇三（三八一五）三八一〇

印刷・製本　日本ハイコム株式会社

ISBN978-4-7522-8215-0